JN114942

よしろう、かつき、なみ、うらら、

Yoshiro, Katsuki, Nami, Urara,

北原千代

Chiyo Kitahara

思潮社

よしろう、かつき、なみ、うらら、

北原千代

思潮社

目次

I

II

ブックデザイン――佐野裕哉

よしろう、かつき、なみ、うらら、

I

オルガンの日

ゆうべ天使が
鍵盤のささくれに羽根をひっかけて
おだいじにね　と言った
毀れつつあるらしいわたしのオルガン
そういえばきのうもおとといもちいさな嵐に刺された
突風はいつもとつぜんやってくる
これもあれもしぜんのことだれにもくること
いくつかの鍵盤は欠け
いくつかの螺子は錆び
それでもまだ毀れていないいまだ毀れたりしない

黒鍵と白鍵はおなじみの顔をして並び
指をあずけるとすぐにうたう
通いなれたこみちだから
うたはじぶんでうたってしまう
よしろう、かつき、なみ、うらら、
あなたたちは知らないでしょう
あのころわたしは作曲家だった
たった一度きりのうたを千より多く知っていた
だれかがなかに入っているみたいに頑丈で
口紅もおしろいもせずしんみりときれいだった
たくさんのだれかが着古したエプロンを
あたらしい手で巻きなおし
かぼそいあなたやみっしり太ったあなたを
鍵盤のうえで遊ばせた
波うつ黒髪をきつく束ね
だれも倒れないよう倒れませんよう

まいにちおなじことをあたらしくねがった
よしろう、かつき、なみ、うらら、
わたしの指はひとりでに先をゆく
かるくなった髪がすこし揺れているでしょう
ふかいところが鳴動している

ひとひらの

蝶よ
ひとひらの黄いろよ
いったいだれからの要請をうけて
運んでいるの

あぶら菜の畑の家から電車の走る町にゆく

ひとひらや
ひとひらの一対が
都会にはなんとたくさん飛んでいるのだろう

洪水のように階段を地下へ流れ
駆けのぼり
通勤電車の窓は生温かく受粉する

駅のベンチの
冷たい息の吹き溜まりで
書物をひろげる知らないひと
じゅうぶん大人になったひとよ
そこに書いてあるならどうか教えてください

羽化のとちゅう
きみどりから黄いろに変わろうとするとき
庭でだれかが生まれるのに立ちあった
おそろしくて逃げてきました

よしろぅ、　かつき、　なみ、　ぅらら、

ここは滝のうらがわの家
冬の陽が水のすきまをひらいて入り
こぼれながら部屋をあたためる

ひかりの網目もよう
水面のゆらめきが映るテーブルで
客人たちと身を寄せあいお茶をのんだ
滝のドアをくぐって来る客人はみな
透けることができた
運命はもう隣町の信号を渡っている
知らされて頬はあをざめ

そっと手をつなぎあった
苔のカーペットに水のテーブル
わたしは花を活けた
客人たちは金継ぎをほどこした紅茶碗に
生きている茎からむしりとり
花びらを浮かべてわらった
舌のうえの砂糖菓子を溶かしながら
ゆるされて古い歌をうたった
遠くで林檎の花が香っているわ
肩の触れるほど寄りあって
それぞれたったひとりだった
——み翼のかげは　やすらかなり——
りんかくの際立つ声をあわせ
おなじ歌を賛美した
春の陣痛をなぐさめるように
ひかりの粒が降っていた

記念撮影

満開の桜が青空に貼りつき
樹下の花見客はいっせいに
ほおおと見仰ぐ
満開とはなんとおそろしいことでしょう

銀糸の匂いをふりまきながら桜の音楽は
ほろほろ糸をほどいている
はじまりを告げるのはいつも
見えないところのほころび
あなたのシャツの釦ホールも

ゆるやかに糸は
ほどけているのだけれど

ねむっているような醒めているような
花見グループのひとたちと
不滅の歌をうたう
樹下でお祈りをし
魔法瓶の紅茶と砂糖の焼き菓子を
右まわり左まわりに分けあい
全身砂糖菓子のように脆くなり
たましいは出かける準備をはじめる

記念撮影をしましょう
みなブラウスの釦の糸がゆるいので
ふっくら立ちあがる
互いに名まえを呼びあって

あなたの未来が永くありますように

賑わいとはなんという静けさでしょう
銀のカメラが口をひらく
写すひとと写されるひと
カメラの口を通って往来する

春の奏楽堂

枝垂桜の花のもと
天が銀いろのチェンバロを奏で
きょうは春が
この町を過ぎてゆく日
ひとときもねむらぬ風が
しずかに旋律をほどいています

昼下がり
銀髪のひとらが
樹下にあつまりお祈りをし
ときおりの合唱

その日もっともおいしい時を食べています
欠片をこぼすひと歩けないひと聴こえないひと
地上からわずかに浮きあがり
みな姿のよい鳥のよう
みなどこかしら痛むので
冷たい水で粉薬を飲み
セロファンをむいて
焼き菓子のつづきを食べています
鳥のなかまに甘い欠片を分けてやりながら

円錐形の奏楽堂に
銀の旋律が落ちてきます
装飾音はすずしく抜け落ち
いつまでが滞在でいつからが出発でしょう
天体に接して咲く花房も　ひとも

築数百年のアルトバウだった
重い木製の扉にからだを押しつけ　音楽室に入る
びょうびょうと風が吹き　とほうもない速さで時
が進み　扉を出ると疾走のように巻き戻される
扉の奥でレッスンは受けなかった　熾火に頬を照
らされていただけ

ｆ字孔

町の音楽学校の事務員が倉庫から出してくれた楽器は
ともかくバイオリンのかたちをしていた　ふたつのｆ字
孔の奥に　黴や苔の生えた草地があるような　微小の胞
子を宿す老年のバイオリンを抱いて　紹介された先生の
音楽室へ　坂をのぼっていった

草叢に囲まれた古い集合住宅の　玄関にならぶ六つのベ
ルのうち　先生の部屋はすぐに見つかったが　ベルは一
階の出窓のあたりに　鈍く響くばかりだった

玄関の脇に　子どもの背丈ほどのコットンの木があっ
て　はじけた皮から　しろいものが露出していた　借り
ものの楽器は　とっくとっく動悸を打ちはじめていた
わたしは拒まれているのだろうか　親指と中指とを輪に
して　しろくあらわなものを摘まむ

草叢のむこうから　しろがねの髪と髭をかがやかせた男
が丈高く現われ　わたしを見据えた　腰に下げた鍵の束
から一本を扉に差しこみ　お入りなさいと言った

先生の内部には　わたしの知らない季節が野をひろげ
干し草の山があった　ふみしめると微かな音楽を奏で
かぐわしい干し草の匂いがした
わたしは生まれながらの名を　はじめて名乗った　じぶ
んも知らなかった音いろでわたしは鳴った　胸にf字孔
がひらき　声はそこから漏れていた

調弦

すり鉢の底のような地形の　年じゅう陽が差さない外国人アパートの半地下に　仮住まいしていたのだった　水曜の夜　「首切り坂」と呼ばれている年中うすぐらく湿った坂道をのぼって　先生の音楽室へ行く　扉の奥から開放弦のA音が風邪引きの雀のようにまずしく真摯に鳴いて　あれは十歳のフランチェスカだ　チェスカ、と先生は呼ぶ

チェスカ、長い息をするようにね

四十五分のレッスンは　開放弦のA音を長く伸ばす練習だけが繰り返され　彼女の右腕の嘆きがA音にのりうつっている　フランチェスカのお母さんは　レッスンを待

つあいだ棒針を動かし手袋を編んでいた　編んではほどくので　いつまでたっても手袋のかたちはなかった

「首切り坂」のいわれは　先生から聞いた
中世の昔に　斬首刑場があったのですよ
坂道を帰るわたしに先生は　ごく小さな裂け目に注意するようにと言った　懐中電灯がほそく照らす森の坂道は　枯葉が朽ちて滑りやすく　うねるような地層のむき出しになった崖が　険しく迫ってくる　朽ち葉の濡れた舌のあいだから　無数の裂け目がわたしをやさしく誘った

漆喰壁の音楽室で　わたしの名はさいごのレッスンの夜たった一度きり呼ばれた　からだの内に水のみなもとがあって　深さや温さや透明度が変わる　隠れたところにある水をひどく疼かせ　調弦の弓はゆっくりと離れていった

別の日のフランチェスカのお母さん

音楽室は　玄関から居間を通り抜けたその奥にあり　居
間のテーブルのうえには燻されたどうぶつの脚と　小型
ナイフが載っていた
先生は毎晩その肉を削って食べるから　少しずつ脚はち
いさくなって　消えてしまうとそこには　緑の薬瓶が墓
碑のように置かれた

フランチェスカのお母さんはいつも編み棒をせわしく交
わし　娘のレッスンが終わるのを待っていた　音楽室の
扉をあけると　大蒜を好むお母さんの匂いが籠ってい

た　マルクト広場で買ってきたからと言って　あぶら紙に包んだ血のソーセージを一本　手籠のなかから分けてくれた　茹でて食べるとよいわ

翌日　語学学校が終わってからマルクト広場に出かけてみると　花屋が店をたたんでいるところだった　野禽をぶらさげた肉屋も　しなびたホウレン草の棚もおおかた片づいていた　冬の日暮れは　昼過ぎからすでにはじまっていた
フランチェスカのお母さんが手籠をさげて　息を切らしながら坂をのぼってきた　音楽室の外で　たぶんわたしの姿はだれにも見えていないのだ　お母さんはわたしの眼の前を横切り　肉屋の手から大きな塊を受け取った
そして　思いついたように血のソーセージを一本買いたしてわたしを通り過ぎ　誰かを轢いてきたような赤い石畳をゆらゆら下りていった

しろいアスパラ

五月になると先生は　郊外の農場まで旧い自動車を走らせ　とれたてのしろいアスパラをひと抱え買ってきた
専用鍋にたっぷりの湯を沸かし　バタと塩ひとつまみを入れ　起立させたまま湯がく　鼻腔の奥をむず痒くさせる湯気が　台所に満ちる　わたしは浅い息をして　付けあわせのスクランブルエッグを手早くこしらえる　ねっとり黄身の濃いのを　先生は好む
茹であがったアスパラは　わずかに頭を垂れて皿に横たわり　半熟のスクランブルエッグから卵液が滲む　先生の唇がアスパラのかつてのしろさを犯し　わたしは痛みを感じた

五月のレッスンは　一度もバイオリンに触れずに終わった　ケースの蓋は堅く閉じられていたが　バイオリンの内部で五月は　いちめんのしろい小花を育み　湿原には苔の胞子がふくらんでいた　受粉の翅音が　トウヒとカエデの板をくすぐるので　ひとりでに鳴ってしまうこともあった

しろいアスパラは　この季節だけのものだった　しずかに咀嚼し飲みこむ先生の　銀の産毛に包まれた喉のあたりで　何百年の五月が発酵し泡立った　食事のあと音楽室でチーズの熟成する音を聴いた

鯖

あの店はひどかった　Nというチェーン店でうす汚いエ
プロンの店員が差し出す小ぶりのあれは死にすぎて　も
う鯖ではなかった
腐っていないのをください
フランクフルトのあの店はいつもひどかった　やっと手
に入れた鯖を新聞紙にくるみ　リュックのいちばんうえ
に乗せ網棚に置いた　下車の用意をしていると　向かい
の座席のお爺さんが　ふくらんだ布製のリュックを背負
わせてくれた　眼鏡の奥に　底光りのする眼がある

ジオラマを居間に飾っています
ちょっと寄っていきませんか

鯖とわたしは　お爺さんの後について路地を曲がり家に入った　家そのものがジオラマで　体重が失せリュックの重量も失せ　かろやかに宝石の門をくぐった

薔薇に似た黄いろの花を　両腕でかきわけてゆく　花の香りがしたけれど地上の薔薇でなく　香りが花のかたちに咲いていた　息を忘れるほど心地よいので　花を抱いて倒れてもよかった

幽かに花のうえを往来しているものたちが　耳たぶにとまって眩しい波長でさえずる　互いに挨拶したり交わったりしていたが　地上の鳥や昆虫ではなかった　気配があつまって泡立ち　触れてみると　蝶や蜻蛉や海の巻貝のかたちに指が濡れた

鯖はわたしの背中で温まり生臭く匂った
心配はいりませんよ　森をずっと歩いていけば帰れるの
ですから
アパートの電熱器で鯖は味噌煮になった
夜更け　ブリキのバケツに骨を棄てた　森のもっとも深
いところまで　骨の音はまっすぐ落下した

三月の音階

借りもののバイオリンに風邪を引かせたまま　胎内で菌を培養する　半地下の外国人アパートは年じゅう光が届かず　どの部屋にも造りつけの　呻き声をしまっておく洋服ダンスが備わっていた

三月三十日　韓国人のミザンはいったん返却したチェロを管理課に取り戻しに行った　雨あがり　クロッカスが土を破ろうとしていた　ミザンがじぶんを破っている音が　壁越しに聞こえた

ミザンとわたしは　借りものの楽器をまいにち弾いた
楽器と骨格を闘わせ　関節が軋む　互いに母語を話さな
いわたしたちの　音程は狂っていた　へ音記号やト音記
号では表せないところに　それぞれの母語が祀られ　葉
のうえに結ぶ露のようなものを常食していた

借りものは楽器だけではなかった　うすら寒い黄いろの
肌　たいらな胸　しょっちゅう舐めるからいけないのだ
ろう　唇のひびわれ　小刻みに歩く脚　坂道に躍る心臓
も　みな借りもの
わたしたちの名で呼ばれる借りものだよ
ミザンが覚束ないドイツ語で言った

坂道のクロッカスは春をゆるされ　むらさきと黄いろの
彩色をせっせと施していた　五線譜からあふれた夥しい
音粒の弾けて鳴る坂道を　わたしたちは通いつづけた

雨を歩く

鼻声の楽器をスカーフに包みケースに寝かせて　市の文
化課を訪ねる　管理係のユニス夫人は　楽器のはらわた
の埃を取りなさいと言う
米粒を使うとよいでしょう　f字孔からひとつまみ入
れ　縦横に揺すって　米を吐き出します
ユニス夫人は楽器を裏返し　小舟を転覆させる仕草をし
てみせた

韓国人のミザンが窓口にやってきて　レッスンをやめる
ので楽器を返しにきたと言う　小柄なミザンが引きずる

年代物の黒いチェロケースの下半分が　放心したように
雨に濡れている
わたしノイローゼ　とミザンは言った

アパートにつづく森の坂道を下っていると　尋常でない
呻き声に呼びとめられた　ミザンが後ろからついてきて
いる　ノイローゼという単語を　雨の坂道に吐いていい
る　穢れたものたちをすべてえぐり出したら　わたした
ちはもう　にんげんの姿をしていないだろう　それぞれ
坂下の　外国人アパートをめざしていた

密林

坂道をのぼったところにある先生の音楽室は　生い茂る
街路樹に窓を塞がれていた

先生は内部の透けてみえる肌を持っていたが　雨の夜に
は髭が濃く　どこの国の言葉かわからない挨拶をした
よからぬところへ行っていたことも　雨の森で鹿を撃っ
てきたこともあった　産毛までつめたく濡れ　バイオリ
ンに触れることはなかった

わたしは　渦巻きが嚙んでいる弦を　ひきしぼりまた緩

め調弦をくりかえす　髪がじゃまになるので　くろいゴ
ムできつく縛った

きっかり一時間　体幹を保ち　わたしは直立した　レッ
スンの終わりを告げる先生の耳に　わたしのなかの一滴
が交わる　そのとき鈍い疼きが脊髄をさかのぼり　窓を
覆うスズカケの高木から　雨の夜空を突きぬける
木の天辺には　別の日にレッスンを受ける花嫁のベール
の切れ端が　ぼろ布のように晒されて留まっている
レッスンのたびにわたしは　じぶんをひとりずつ音楽室
に置いていく　さようなら先生

雨の夜に雨の木は　産まれてしまう　地球の密林の多く
がそうであるように

遊牧民（ノマッド）

列車は霧のフランクフルト中央駅を出て　次の霧の駅で
止まった　饐えたチーズのような体臭を放つ大男らを降
ろし　香水と体臭の混ざりあった冬服のひとらを霧のな
かから迎え入れた　駅ごとにひとの交換が行われ　朝霧
にぬぐわれた線路のうえを　列車は北へ滑っていった
しだいに霧が晴れてくると　小高い丘のうえに廃墟とな
った城が見え　冬の麦畑はゆっくりと　家いえの窓は急
ぎ足で過ぎ去る　半時ばかり走ると　家畜小屋を幾棟も
持つ農家があって　屋根と屋根のあいだに　一頭の動物
が小山のようにうずくまっているのを見た　背中に瘤を
ふたつ乗せ　眠そうに首をもたげていた

そこからまた半時ほど走ると　わたしの暮らす町の駅だった　拳銃を太い腰に差した警官がふたり　窪んだ眼の底から鈍い光を放って構内を巡回していた　リュックを背負い　歩きながら議論する学生らがいた　わたしの耳は　乾いたとも濡れたとも巻かれたとも聞こえる音節のかけらを集めて　意味を捉えることがなかった　アパートまでの帰り道　ふりかえると駱駝はついてきていた

駱駝は遊牧民の財産だからね　音楽室でたぶん先生はそう言った　下顎のふくらんだフランチェスカのお母さんは　駱駝を連れてきたというわたしに　憐れみのような暗号のようなまなざしを一瞬留めてから　レッスンを終えたフランチェスカの腕を摑み　音楽室の扉をしずかに閉めた　先生とわたしは　バイオリンに触れることもしないで　楼蘭の砂漠をゆくことがあった

II

父の天窓

本を読む東の窓がしだいに溶けて
あかるんでゆくとき
ページを繰る人差し指は
しもやけいろにあかるかった
息をしていることのごほうびとして潤っていた父の窓

あの冬
雪の下からユリ根の毒を掘り起こし
台所でなにを調理しただろう
歌の好きな天使が
凍える蔓薔薇に留まって見ていた

ことばをゆるされた庭に雪は降った
ほらあな　ほこら　くらいところを見つめながら
しろくしろく雪は降った

交感する雪と雪のすきま
ひかりの天使が半身をひらいて
遠ざかる父に本を読む
ありがとう
温かいスウプをありがとう
くりかえし肯いて父は本を閉じた
光年のかなたからの結晶を栞に挟み
読み残した頁はそのままに

一点のくもりなく磨かれていた父の天窓
あのたったひとつの朝のことです

琥珀

夏草にしづもる生家の湿った夕刻に
真紅のユリが咲いた

血のいろが澱むのをどうしようもなくて
庭のぐるりを仙人めいた父の杖がゆら　ゆら巡る

無音のうちに
ひとりでにほどける薔薇のはなびら
ひとりでに沈む七月
いにしえからわたしへと託された老松を縛り

うづうづ取り巻く蛇らの　苔ふかい通りみち
くちを開けている洞のくらがり

妖しいひかりの珠は
逃れることのできない夜のため
老松の根もとから拾われた

あした　おまえの首に巻きつけよ　と父は花嫁のわたしに
琥珀を与えたのだ

わたしの頸がひとりでに湿りをおびたので
おとこの犬歯はわたしの鎖骨を食いちぎった
尖った舌が
鎖骨の池の両岸に
ほうろほうろ　琥珀をころがし
はぢけた黄金いろ

老松の洞のくらがりへ
おちまいと
おとこをみちづれにおちていった
琥珀の珠を透っておとこの眼がみえた

楽園

寝台に横たわるアダムの
しろい骨の内部にはしろい血液が走り
洞窟の鍾乳洞にしたたる不規則な水滴の音が
病室をしずかに支配している

夢のなかで
大陸の肥えた牛がくろぐろとした温い便を
高原の陽だまりにどっさり産み落としたのだ
落日のしるしとして
それに応えようと

摂食を絶って久しいアダムのせいけつな腸管が
黄土いろの粘液をリネンにもたらした
アダムの想念は
病室のカーテンを開け
大陸の草原を渡ってゆく

夜明けに旅を終えたアダムが寝台に帰り着くと
祝祭のように
しろい蝶の群れが訪れ
せいけつな肋骨は蝶の住処となる
ましろい小花をみっちり咲きつめた宮を
飛び交う蝶の営み
肋骨の鍾乳洞から水滴をすべて吸いきり
たましいを運ぶ用意をする
肋骨に群がりきょうのアダムを吸う
原初のしろい蝶たちよ

その骨は甘いか
たましいの運ばれる楽園に
かれの水辺はあるか

べねちあ

朱塗りの小匣は　母の数少ない婚礼道具のひとつだった
うす暗い寝室の桐たんすのうえに置かれ　緻密なひかり
に包まれていた
あの日　母はまだほんの子どもだったわたしと秘密を分
けあうように肩を寄せ　小匣の蓋を開けた

あかぎれの切れた母のてのひらの　あかいさざ波のうえ
に乗っていたのは　薬指ほどの舟型のブローチだった
金細工の舟は　怪物のしゃくれた唇みたいに湾曲し　小
びとの船頭さんが櫂を操っている

べねちあの　ごんどら
毀れた鈴の声で母は言った
舳先には米粒より小さい緑の宝石がぶら下がり　ブローチの裏側には鈍い金いろの　剝き出しの針が仕組まれていた

三月　サンマルコ広場を　嘴型の仮面をかむり　黒いガウンを羽織ったパレードの行列が練り歩く　ジュデッカ運河に架かる木の橋から　運河の澱へ　仮面の息の穴から漏れいで　水中ふかく溺れてゆく　ため息
あの日　母は身を乗り出して　棄てたのだ
べねちあの　ごんどら

陽のゆらめきの先に

四方八方
糸のような隙間風が巡る家だ
ぐるぐる巻きに
風に巻かれて雑巾がけをする
ほた　と合図があって
くろい昆虫が落ちてくる
仰向けに息絶えている

昼下がりは柑橘の香気
血膿のあと

みなここで果てた
潮っ気のものを垂らしながら
それはもうあっけらかんと
ここを過ぎていったひとらの
数多の足あとが八重に咲き
極彩の石鹸のあぶらが咲き

廊下は伸び
ふりかえると縮んでいる
陽のゆらめきが横縞に走るその先に
呆けた母がしろいお尻をむけてうずくまり
いっしゅん啓かれたような角度でふりかえり見た
角を曲がって死角の先へ行こうとしていた

冬の家

森の奥から
「憩いホーム」の送迎車はやって来る
窓にはりつくたくさんのお母さんたち
湿った窓の奥ではさらにおおぜいの
お母さんたちが眉をひそめ
天井かしらうどんかしら
昼食の心配をしている
さっき朝ごはんを食べたばかりなのに

あの子はくるぶしが痛むんですって
わたしのことかもしれない
きのう雪道でぶざまに転んだから
骨の痛むのは骨折ですよ
おおぜいのお母さんたちが
それはそうねえ骨折でしょうと言う
冬が来ている
冬はまいにち来ている
道は凍えているのに
思わぬところに水仙が咲く
匂いが溜まっている
召されていったあのひとの匂いだ
彼はお母さんたちを慈しみ
下敷きになるのも厭わなかった
蝕まれた肋骨が砕けて彼は死んだ
お母さんたちをたいせつになさいよ

あなたがそうしなかったために
じぶんは死んでいますと言う
水仙ひとつ摘んで冬の家に帰る

処置

冬が来た
お母さんたちの皮膚が剝ける
こたつ布団にしろい鱗が
しろじろと積もる
わたしは魚ではないよ
くちびるはすこし魚に似ている
沼池でわたしたちは産まれたという
ヒレのようなものが生えているでしょう
包丁で切り落とす

翌朝には根元から生えている
切るとき神経に酸っぱい痛みが走る
だれにも見つからないよう
きれいなブラウスに着替える
おかしくてずんとかなしい

入浴の前に
お母さんたちのギプスを外す
腕に木の俣が現れる
接ぎ木はうまくいかなかった
どのお母さんのもみな失敗だった
颪の塊が室内を飛び跳ね
外はがらんどうのように静か
森は鼠色の毛布をかぶっただろう
沼池の魚は泥の寝床だろう
冬はまいにち来ている

どんより冷えた沼池の皮膚が
鈍く光っている
台所の窓が息をしているみたい
微かにふるえる

誰かがお祈りをはじめた

夕拝

からだを休めている草のうえを
いちにち働いたひとらの
長靴が踏みしめていった
茎の折れた平凡な野の花に
焼き畑の煙が沁みている
花のかおが耐えているのでそれとわかる

ススキの原をしろいベールとして
野は夕べの礼拝を捧げている
きょう

老いた母を根っこから引き抜いて
遠い町の
四階建ての二階
西日の射す部屋に植えてきた
抜かれるとき母はひとつも声をあげず
把手の泥をじっと見ていた
母を掘り起こした台所の
穴ぼこでまっしろいごはんを炊く
もしゆるされるなら
あしたもあさってても炊かせてください

ひざまずきたいような姿で
ハルジオンが咲いている
ただ黙しているハルジオンの径を
すこし先に休んでいる草を起こさないよう
水音にみちびかれてゆく

海のエプロン

エプロンにお母さんが入っている
産んで育ててくれたお母さんが今度はわたしのなかに
聞いていたとおりのことが起きた
エプロンからずぶぬれの黄いろい
潮辛い手が伸びてひっぱたかれている
ほっぺたが斜めである
ひっぱたいたのはだれでしょう
エプロンに入っているのはだれでしょう
夕方には臨月のようにエプロンが膨らんで
二十人ほど入っている

くらいかなしい目と口が
早く電灯つけて早く消して早くつけて
エプロンの胎内は真っ暗らしい
走ってあえぎながら走って
エプロンに入ったお母さんたちと列車の旅に出る
降り積もる季節の線路
窓の外には氷がはりつき
氷で表示された無人駅をいくつも通過する
いにしえの人びとの骨のうえを
鉄の車両が氷を割って骨を砕いて列島の肋骨のうえを
ひどく朱い夕焼けが
潮辛い雫を垂らしている
煮凝りのような目がエプロン越しに
地の果てを見ている
ターミナル駅でさいごに
たったひとりのお母さんの

ふしぎに若やいだ指がわたしに教えてくれた
エプロンはこうしてほどくのよ

お母さんを海に置いてきました

鳥語（とりご）

わたしが鳥だったとき　野鳥と言葉を交わしました
はじめての鳥語のまあたらしい辞書には　赤いグミの
実　羊歯のとげとげ　風の運ぶ土埃も混じっていました

生まれたての小鳥を育むように　辞書を編纂しました
どうぶつの匂いを放ち　愛らしく温かく　草の根に隠さ
れた赤い実を啄み　啄んでは水辺で嘴を研ぎ　ああなん
て　いきものらしくなってゆくのでしょう
言葉はもはや地球の事象ではありませんでした　ひと晩
のうちに百の加筆事項を入力するのに倦まず　不死を願

い太陽を絞って　愛らしい小鳥に吸わせました　七色の
濡れた羽根でそれは羽搏き　鳥の骨格を天にうかびあが
らせました
わたしたちは言葉を噛みました　虫食いの苦み　甘さの
きわまりをくちびるのあをざめるまで吸い　互いのかた
ちを記憶しました

エポックの終わりが来て　あなたは発ちました
夜更け　つましい髪を硝子窓にととのえていると　張り
つめた星辰がゆらめきます　わたしは今も鳥でしょう
か　着古した外套のような羽根をひろげ　絶え間ない労
働に血濡れた瞳を凝らすあなたと　群青の夜空に　編纂
のつづきをするのです

家賃

糸状の風が無尽に通り抜けるこの家に　わたしは起居を
ゆるされている　死んでいったばあさまが　這うように
雑巾をかけた廊下を這うように磨き　紅殻と土埃に染ま
った雑巾を濯ぎ　あるかないかの冬の陽に干して　いち
にちの家賃とする

夜着の帯をきつく締め夜に入ると　三月の雪の焦げる匂
いがする　磨きあげた廊下に雪の血痕が沁み　きしきし
鳴っている
夥しい指紋が　ダリアの花びらを散らしたように浮かび
あがり　花園のみちを　この家で死んだひとらの足ひら
が　赤紫のダリアを愛でながら渡ってゆく

きよめられた夏

決して振り返ってはならないと言われた
風の道だった
ススキが倒れていた
はじめからわたしは倒れていたので
同じ身のうえだった
いくらかは甘い風だった
キャラメルの焦げたような
蟬の死んだあとのような

ふくらはぎから少し歩いたところで
刺す虫が逗留した
吸血のあいだ
硫黄の火に滅ぼされた
ソドムとゴモラの町のことをおもっていた
振り返ってはいけないのだった
帰宅して書架をきよめた

ディキンスンのように

七人の女のひとがティールームで焼き菓子を食べ
ハーブの紅茶をのんでいた
みな清潔そうな服に身をつつんでいるが
愛は潮気に侵されていたり
鳥の羽根のように掠れていたり

裸で着席する勇気がだれにあるだろう
よそいきの声が不滅について語りあっていた

黄いろのクロッカスが窓辺に咲いていた
冬のあいだ土に埋もれ
死のひしめく部屋で
息をするのを忘れなかった
ただそれだけのこと

六人は外套をまとい
はれやかな挨拶をして帰っていった
髪をひとつに結んだひとが居残った
そこに在るというだけの
クロッカスひとりぶんの温かさで
ひとことも話さず紅茶のおかわりもしないで

ディキンスンのように
咲いてしまうほどひとを愛したことがある

あとがき

純粋な切迫感に駆られ、この本が誕生しました。

作品から書き手の姿を潔く消そうと思いましたが、そういうわけにはいきませんでした。詩の言葉は、人間の魂を求めているようです。

魂がふるえたことの真実は、書き手の恣意で曲げることができませんでした。

言葉よ、どうかあるべき姿で現れてください、と願いつつ記しました。

閉じこもった悲しみの日々にわたしが
自分を映してみる一本の道がある

（ウンベルト・サバ／須賀敦子訳）

ドイツを舞台にした九篇の背景には、この詩篇があると思います。

短い滞在のあいだ通い続けた音楽室への坂道、そのものです。

両親の最晩年のことを書いた作品は、少しなまなましいものになりました。

人生はただごとではないと身をもって教え、天国へ旅立ちました。

不甲斐なくおろおろするばかりの娘でしたが、さみしさや後悔をこえて、永遠のいのちへの希望がつながれました。


タイトルの「よしろう、かつき、なみ、うらら、」は、架空の子どもたちにあてた名まえです。あるとき歌のように、くちびるに浮かんできました。

娘や息子のような気もしますが、会うことのない百年後やさらにその先の子孫たちに思いを馳せてもいます。


制作に関わって下さったみなさまに感謝します。

手紙を投函するのと同じ気持ちで、この本をお届けします。

ひらいて読んでいただけましたら、とてもうれしいです。

近江の山家にて　二〇二二年春

北原千代

著作一覧

詩集

『ローカル列車を待ちながら』二〇〇五年
『スピリトゥス』二〇〇七年
『繭の家』二〇一一年
『真珠川　*Barroco*』二〇一六年　第六七回H氏賞

エッセイ集

『須賀敦子さんへ贈る花束』二〇一六年

よしろう、かつき、なみ、うらら、

著者　北原千代（きたはら ちよ）
発行者　小田久郎
発行所　株式会社思潮社
〒一六二‐〇八四二　東京都新宿区市谷砂土原町三‐十五
電話　〇三‐五八〇五‐七五〇一（営業）
〇三‐三二六七‐八一四一（編集）
印刷・製本　創栄図書印刷株式会社
発行日　二〇二二年六月二十日